D0871235

El gato hechizado

Puedes consultar nuestro catálogo en www.picarona.net

EL GATO HECHIZADO
Texto: *Paolo Cossi*
Ilustraciones: *Massimiliano Frezzato*
Colores de *Eleonora Trinca*

1.ª edición: junio de 2017

Título original: *Il gatto stregato*

Traducción: *Lorenzo Fasanini*
Maquetación: *Montse Martin*
Corrección: *M.ª Ángeles Olivera*

© 2013, Ipermedium Comunicazione e Servizi s.a.s. / Lavieri Edizioni, Italia
(Reservados todos los derechos)
© 2017, Ediciones Obelisco, S. L.
www.edicionesobelisco.com
(Reservados los derechos para la lengua española)

Edita: Picarona, sello infantil de Ediciones Obelisco, S. L.
Collita, 23-25. Pol. Ind. Molí de la Bastida
08191 Rubí - Barcelona
Tel. 93 309 85 25 - Fax 93 309 85 23
E-mail: picarona@picarona.net

ISBN: 978-84-9145-076-4
Depósito Legal: B-13.058-2017

Printed in Spain

Impreso en España por ANMAN, Gràfiques del Vallès, S. L.
C/. Llobateres, 16-18, Tallers 7 - Nau 10. Polígono Industrial Santiga.
08210 - Barberà del Vallès (Barcelona)

FSC
www.fsc.org
MIXTO
Papel
procedente de
fuentes sostenibles
FSC®

Paolo Cossi

Massimiliano Frezzato

El gato hechizado

 Picarona

Érase una vez un bosque muy grande, inmenso,
en él, un prado encantado de color verde intenso,
y, justo en medio de aquel pastizal,
se erguía una casita de lo más original.

Estaba situada en medio del bello prado
y tenía el tejado muy, muy colorado,
también los balcones lucían lindos colores,
pintados de amarillos y rojos desafiadores.

En ese lugar que aquí os relato
vivía una bruja y también su gato.

Era una bruja joven y chiquitina,
y usaba la magia como medicina.
Se llamaba Julieta, era hechicera,
y ayudaba a la gente a su manera.

Su gato, en cambio, no era muy hermoso,
era más bien... algo andrajoso.
Grotesco, flaco y despeluchado,
parecía un polluelo abandonado.
Se llamaba Girotondo,
y tenía un corazón grande y orondo.

Cada semana, los lunes, puntualmente
pasaba por allí un chaval muy sonriente.
Era Yuri, el buen leñador,
a quien de la viruela Julieta salvó.
Y él, por gratitud, que no por peloteo,
le llevaba un pastel con sus mejores deseos;
era porque ella lo había salvado,
pero sobre todo era... porque se había enamorado.

Pero sucedió que un bonito lunes soleado,
Yuri no llegó solo, sino bien acompañado.
Resultó que aquella mañana fue con una gatita,
blanca como la nieve: una belleza exquisita;
en el bosque un desalmado la abandonó,
y Yuri allí la encontró,
temblando bajo una flor.

—¡Que aproveche! —dijo Yuri el pastel tendiendo.
—Entrad —les dijo Julieta bajo el dintel sonriendo.
Pero el joven leñador y la gatita rescatada
pospusieron la invitación para otra jornada.
Y apenas se fueron, Girotondo, el pobre gato,
se sintió trastornado, y un poco pazguato.

11

—El corazón me va a mil por hora...
¡siento una fuerza arrolladora!
Me siento extraño, muy agitado,
¿Será que tal vez me he enamorado?

¡Pobre de mí! ¿Qué ha sucedido?
Ella tan bella y yo... ¡yo sólo un cretino...!
No me mirará, ni siquiera por caridad,
ésta es, sin duda, la amarga verdad.

—¡Pues claro está, he encontrado la solución!
Voy a preparar una mágica poción.
La bruja Julieta me enseñará...
¡Un elixir de amor voy a idear!

Y así el gatito, sin vacilaciones,
le pidió a Julieta que le diera unas lecciones.
—Julieta, Julieta, ¿un favor tú me harás?
¿me enseñarás el oficio de embrujar?

La brujita se puso tan contenta por la propuesta
que hasta el sombrero le saltó de la testa.

—Claro que sí, empezamos ahora, inmediatamente...
Antes de nada: cierra los ojos y abre la mente,
de la naturaleza siente el apego
de esa madre que nos cuida con gran esmero.
Cuéntale a la luna todas tus dudas,
ella te dará soluciones oportunas.

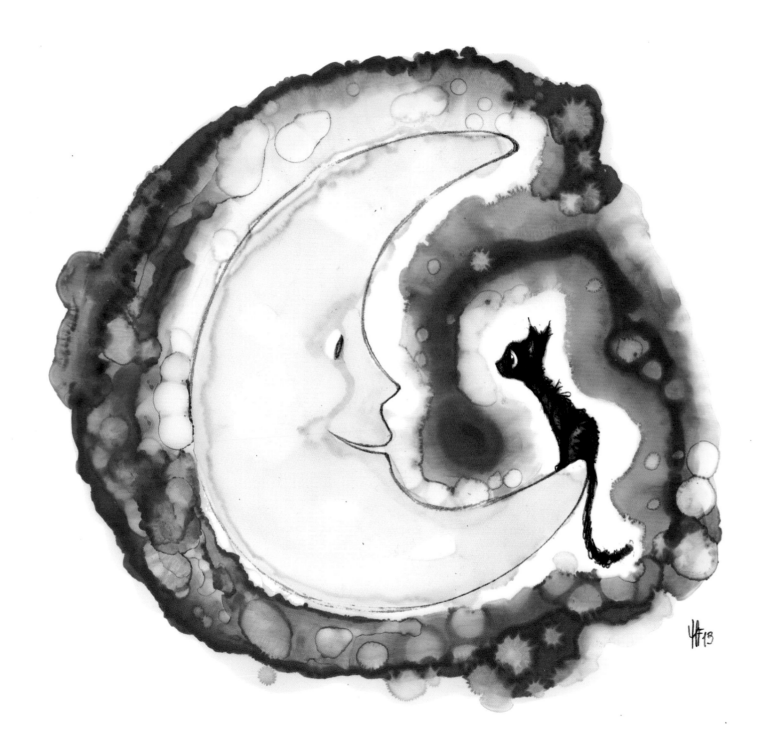

Giratondo estaba contento de toda aquella enseñanza
de magos y videntes que le transmitían confianza.

Por las mañanas recogían artemisa y verbena,
y gordolobo y llantén justo después de la cena.
También solían ir a buscar setas,
sobre todo las rojas, con propiedades secretas.

Preparaban una olla de grandes proporciones,
para hervir en ella ungüentos, hierbas y pociones.
De aquella marmita surgía una gran nube de colores
a la que seguían algunas que otras explosiones.

—¡Ay, ay, ay, negro gato atolondrado!
Creo que alguna hierba te has olvidado...
Eso le decía Julieta, desconsolada,
con la cara negra y chamuscada.

De las cosas que aprendió Girotondo de su instructora
destaca la de pilotar una escoba voladora.

Un buen día la brujita regaló al aplicado gatito
una pequeña hoz blanca y un negro cuchillito.
La primera era para recoger plantas medicinales,
el segundo, para marcar círculos y señales.

Girotondo empezó a respetar las grandes festividades:
Yule, Beltane y otras mágicas solemnidades.

Un día, cuando estaban los dos juntos en la galería,
el gatito se atrevió a preguntarle lo que tanto quería:

—Quiero decirte algo importante, Julieta.
¿Me enseñarás del filtro de amor la receta?
De la gatita de Yuri me he enamorado,
y sin la poción mágica, me siento ya despechado.

La brujita lo mira, se ríe y dice: ¡Ay, mi gatito querido!
¡Pero si esa poción nunca jamás ha existido!

—Mira en tu corazón ¿no has comprendido, colegial,
que el amor ya es en sí una magia sin igual?
No tengas miedo de callar sus sentimientos,
ya que de nada sirve guardarlos adentro...

—Y ahora, corre, corre, gato hechicero,
¡y acaba ya con tantos miedos!

Y el gatito corre con su propuesta,
pues quiere de la gatita tener respuesta...

El final de esta historia no va a ser revelado,
aunque alguno de vosotros ya lo habrá imaginado.

31901061367977